가뭄시대

마이노리티시선 29

가뭄시대

지은이 객토문학 동인
펴낸이 장민성, 조정환
책임운영 신은주   편집부 오정민   마케팅 정현수

용지 화인페이퍼   인쇄 · 제본 한영문화사   출력 경운출력
펴낸곳 도서출판 갈무리   등록일 1994. 3. 3.   등록번호 제17-0161호
초판인쇄 2008년 11월 15일   초판발행 2008년 11월 21일

주소 서울 마포구 서교동 375-13호 성지빌딩 101호
전화 02-325-1485   팩스 02-325-1407
website http://galmuri.co.kr   e-mail galmuri@galmuri.co.kr

ISBN 978-89-6195-004-6 04810 / 978-89-86114-26-3 (세트)

값 6,000원

* 이 시집은 경상남도 문예진흥기금 일부를 지원받아 출간되었습니다.

이 도서의 국립중앙도서관 출판시도서목록(CIP)은 e-CIP홈페이지(http://www.nl.go.kr/ecip)에서
이용하실 수 있습니다. (CIP제어번호 : CIP2008003327)

가뭄시대

객토문학 동인 제6집

갈무리

동인지를 묶으며

우리는 지금 대한민국을 가뭄시대라 부른다.

그 시대 한 복판에서 허우적대고 있다.
물론, 당신과 내가 따로 없다.
꼭 살아남아야 한다.
언젠가는 끝이 있을 것이기 때문이다.
그게 희망이다.
희망이란 늘, 이렇듯, 어둡고 바람 쌩쌩 부는 곳에서 싹이
움트기 마련이다.
눈에 보이지 않는다고 속단하지 마라, 촛불은 아직 꺼지지
않았다.

그러나, 가는 발자국이 자꾸 느려진다.
한 발자국이라도 어깨를 맞대 마음 따뜻하게 나누며 함께
갈 수 있는 동지가 필요하다.
지금은 가뭄시대이기 때문이다.

공장도 학교도 논도 밭도 메마르지 않는 곳이 없다.
이렇게 바짝바짝 타들어 가는 시대에, 시대를 향한 문학의

역할에 대해 진지한 고민이 없다면 문학은 죽은 문학이다.

　문학의 생명은 소통에 있다.
　옥고를 보내 주신 밀양문학회 회원님들께 누가 되지 않도록 더 치열하게 버텨, 선 자리를 밝게 만드는 데 최선을 다해야겠다는 각오를 다지면서, 이미 선보인 두 번의 기획 시집에 이어 여섯 번째 동인지를 내 놓는다.

　내 놓고 보면 늘 그렇듯 막막하다.
　소통은 상하좌우가 따로 없다.
　좀 더 제자리에서라도 열심히 뛰어야 하는 이유가 여기에 있다.

2008년 10월
객토문학동인

차례

동인시

문영규

배재운

이규석

박만자

정은호

이상호

읽고 나서

초대시

쇠뜨기

베어 놓으면 금세 시들어
마른 풀이 되고 마는 쇠뜨기.
비 온 뒤
살며시 멱살 잡고 당기면
뿌리가 제 키의 열 배는 된다.
못 이기는 척 딸려오다가
뚝
뿌리의 마지막 한두 마디는
땅 속에 남긴다.
바랭이나 피나 명아주하고 달라
여기서부터 쇠뜨기다.
손톱 밑이 새까맣도록 밭을 매어도
단 한 마디라도 뚝 소리가 나는 한
쇠뜨기에게 진 것이다.

어른

날이 너무 더워
만사 내던지고 집으로 오는데
앞집 갈림길에서
들에 나가는 부북할배를 만났다.

"이 더위에 어데 나가시는교?"
똥개처럼 혓바닥 늘어뜨린 나를 보고
할배 지나가는 소리로
"어데 나만 덥나?
맨 다 덥지."

이응인 1987년 무크지 『전망』 5집으로 등단. 시집 『어린 꽃다지를 위하여』, 『천천히 오
는 기다림』 등이 있음.

나무의 말

말에도 체온이 있다.
배신이나 음모 술수 보복이라는 말은
비수처럼 서늘하고 차갑지만
배려 나눔이라는 말은
봄볕처럼
우리의 마음을 따뜻하게 덥혀 준다.

사랑이라는 말 속에는
설렘의
첫 온기溫氣가 있다.

새봄에 나무들은
아마도 사랑하는 마음을 가진다.
벚나무 모과나무가 묵은 껍질을 뚫고
연한 잎촉을 밀어내는 것은
사랑한다는
나무들의 말이다.

문 밖에 갇히다

오래지 않아 방 안은 답답했다
문을 열고 바깥으로 나왔다
한 모금의 공기들마다 상쾌한
문 밖은 어둠
어둠은 무척 끌리기는 하지만
정체 모를 배후와 같았으므로
문에서 멀리 가지 않고
조심스레 방의 불빛이 비치는 데까지만 가서
어둠을 생각했다 그때,
갑자기 뒤에서 문이 닫혔다
밖에서는 열 수 없는 문이었다
나는 문 밖에 갇혔다
어둠의 배후가 훅, 나를 덮어씌웠다
소리쳐도 환한 방 안으로는 들리지 않았다

이승주 1995년 『시와시학』으로 등단. 시집으로 『꽃의 마음 나무의 마음』, 『내가 세우는 나라』가 있음. 현재 밀양여고 재직.

분꽃 피는 저녁에

먼 달빛이 꽃분홍잎 살포시 당기는가
저녁바람이 살짜기 꽃잎 스치는가
이른 저녁—분꽃이 핀다.

저녁밥 앉칠 녘이면
피어나던 분꽃이란다.
그 씨앗 돌로 갈아
하얀 분가루 뺨에 문지르던
댕기머리 총총 조선누이들이 있었단다.

북녘 땅에도 한여름 분꽃이 피어
누이들아 밥 앉혀라
우물가로 고이 불러내는데
홍수로 가뭄으로 쌀독은 비어 있고
어린 동생은 배고프다 울어쌓고
밥 앉혀라고 분꽃은
하염없이 피어나고 ……

호오포노포노

내가, 내 가족이, 내 친척이, 내 조상이
태초로부터 지금까지
당신에게, 당신의 가족에게, 당신의 친척에게, 당신의 조상
에게
생각으로, 말로, 태도로, 행동으로
해를 끼친 적이 있다면
정말 미안합니다. 부디 용서해 주십시오.
그것이 일으켜놓은 모든 부정적인
장애물과 영향력이 녹아내려
순수한 빛으로 변하게 하십시오.
고맙습니다. 사랑합니다.

이것은 하와이 원주민의 기도다.
문명이 닿기 전, 율법이 닿기 전
그들은 이렇게 살았다.
내 비록 허물 많은 사람이지만
그토록 많은 경전과 율법과 기도를 넘어
그토록 숱한 교회와 절간과 사원을 넘어

이 기도 하나를
가슴에 받는다.

주) '호오포노포노'는 하와이 원주민의 치유의 기도이다.

이양숙 밀양문학회 회원

운정댁

칠순이 무슨 나이라고
운정댁은 복도 많지
검버섯 핀 팔순 노친 네
움트는 감나무 밑에서

부러워 입술을 이죽거리는데

젊어 고왔던 한 때
귀밑머리 풀어 정답던 지아비
여직 두 집 살림인가
공연히 가슴만 끓어

오남매 병풍처럼 둘러 세우고
복 많은 운정댁
한 세월을 어깨에 실어
덩실덩실 춤을 춘다

흥이 도는 잔치마당
열어젖힌 대문으로
실없이 넘나드는 봄바람아
훤칠한 아들 등에 업혀도
퀭한 눈 그렁하다

어떤 표지석

마을버스도 끊어진 한적한 길
신당마을 표지석
땡볕에 종일 외롭습니다

봄도 먼저 들던 종남산 아래 첫 동네
산짐승도 이웃이라 정답더니
산기슭 진달래 더욱 붉어지던 즈음
30만평 드넓은 사포 공단 부지조성에
고향과 두둑한 보상비를
맞바꾸고 다들 떠난 자리

끝내 타협 못해 홧김에 방목시킨
동주아재네 돼지 백 여 마리
아수라장 된 집터 마다
갈보년처럼 엉덩이 흔들고 다니니
오늘은 지들이 이 산동네 주인입니다

신당마을 잡아먹은
공사장 굴삭기는 신이 나는데

떠나야하는 표지석 옆
하얀 개망초
지난해처럼 소복이 바람에 흔들립니다

임미란 밀양문학회 회원

동인시

문영규
스승/유월/소나기 그친 저녁/하루살이/소주/
어무이/언제쯤이면/개가 짖는다/모팔모/윙크를 한다

배재운
효자마을/노루목/풍년가/알고 보면
닮지 마라/까치집/내가 사랑하는 것은

이규석
잠 못 드는 밤에/유혹/가뭄시대/터널/비정규직으로 살면서
꽃구경을 두고/틈/가로등/만남을 두고/손님

박만자
반성/사는 방법/어머니
가장 중요한 것은/다른 세상/선풍기를 닦으며

노민영
신용불량자/삼풍대/그 오두막집
눈병/김장 주술/제값 치루는 날

표성배
아련하다/선인장/적막/살사리꽃/내 마음은/내 시는 나의 밥이다
흔들리며 가는 길/서야 산다/시인의 항변/있으나마나

정은호
독수리 타법/그날/봄날/잔칫날 아침에
빈자리/고향 가는 길/아내가 부르는 노래

이상호
툭/여름, 어느 날/가위/아내의 희망사항
수업시간/담쟁이/벼룩시장

스승

유월

소나기 그친 저녁

하루살이

소주

어무이

언제쯤이면

개가 짖는다

모팔모

윙크를 한다

문영규

경남 합천 출생.
『일과 시』제4집으로 작품 활동 시작.
시집『눈 내리는 저녁』등.
경남작가회의 회원.

스승

느닷없이 찾아온 병
아니 오래전부터
내 몸을 갉아먹고 있었던
내 몸의 병
몸의 병은 마음의 병이라 했으니
내 몸의 병은 내 마음의 병을
고치러 오신 나의 스승
큰 스승께서 나에게 오셨으니
잘 모셔야 할밖에

어지러운 마음을 가다듬어서
지난날들과 그리고
남은 날들을 생각해 보았다

여러 날 생각해 보았다

내가 평생 모시고 살아야 할
스승에 대해

유월

거창 고제 삼봉산
해발 천 미터 금봉암에서
수도하시는 처사님 설명대로
저 아래를 굽어보니
동으로, 서로, 북으로 뻗어 간
거미줄 같은 길들이 보였다
내가 허위허위 지나온 길이었다
산자락에 잔설처럼 붙어 있는
아득한 동네도 보였다
내가 밥을 빌던 동네였다

오늘은 어쩐지
나도 모르게 다소곳해져서는
여래불께 힐끔거리며 절하였다
조금은 못 미덥기도 하였지만
오백 나한전에 가서도 절하였다
한데 자세히 보니
나한들께서는 조금씩 자라고 계셨다
땅속 깊숙이 뿌리를 감추고 계셨다

바깥에 나와 보니
유월의 바람이 자라나고 있었다
도량 전체가 숲과 함께
자라나고 있었다
주변의 바위와 상수리나무도, 산벚나무도
가부좌를 틀고 앉아 있었다
나만 산재 입은 뻐둥게다리로
가부좌를 틀 수가 없었다

대신 저 아득한 동네
나의 길들이 자라나고 있었다
반나절 동안 벌써
한 뼘이나 자라나 있었다
서둘러 내려와야 했다

소나기 그친 저녁

온종일 쏟아 붓는 호우
연신 번쩍번쩍
터지는 요란한 셔터

하늘께서는
장마 동안 다 못 씻으신 걸
이 팔월에 마저 씻으시려나

그렇잖아도 씻으려던 차
애벌, 중벌, 세벌로 씻어놓고는
햇볕에 온풍기까지 틀어주신다

해질 무렵
검은 구름 거두어 가시면서도
연신 번쩍번쩍 셔터를 터뜨리신다

손수 씻으신 세상
디카에 담아두시려는 걸까

하늘께서는 그토록 쏟아 부어서
진정 무얼 씻으려 하셨는지……

하루살이

오늘은 본의 아니게
일찍 잠자리에 든다
불을 켜 놓으면 날아드는
하루살이들 때문이다

하루살이들은 흡사 목숨 걸고
불빛을 쪼는 듯하다
모든 걸 하루 만에 끝내야 하기 때문일까

사랑하고 임신하고
육아에서 교육까지
입시 지옥을 지나 대학을 마치고
취직해서 돈 벌고 출세하고
그러다가 제 짝을 얻고
누군가에게 배신을 당하기도 하고
아무나 붙잡고 멱살잡이를 하고
술 먹고 옥상에 올라가
달보고 짖기도 하고

KTX를 타고 비행기를 타고
더욱더 빠르지 않으면 안 되는,
눈 깜짝할 사이도 쪼개어
사용하지 않으면 안 되는,

이런 한 세대의 일들을
하루 만에 다 해야 하는 게 그들의 운명
하루살이에게 내일이란
인생을 재수하는 것이다
참을 수 없는 모멸인 것이다

소주

마트에 가서
소주 한 병을 산다
두 병을 잡았다가
한 병은 슬며시 놓아 주고
한 병만 모가지를 붙잡고
계산대로 나온다

저녁에는
삼겹살 딱 세 조각을 굽자
왕소금 뿌려서 노릇노릇 구운
삼겹살 세 조각과
소주 석 잔을 마시자
천천히 혓바닥을 적시며 마셔야 한다
쓴맛과 단맛이 다 좋지만
빠르게 흩날리는 맛이 좋다

머릿속이 맑아지고
뇌 회로가 한결 빠르게 돌아간다
온몸 경락에도 기혈이

한결 빠르게 흐른다
석 잔쯤에서
잡다한 생각들이 한꺼번에 서너 장씩
고지서처럼 날아들 때가 있지만
차곡차곡 정리하자

한방의 약들은 효능이 느리지만
소주는 다르다
즉각적이다 효능이 만점이다
이 소주란 것은 아시다시피
약으로도 술로도 마실 수 있다

어무이

내 시집 온깨내 살림살이가 아무것도 엄써 쌀독 열어 보이 쌀 두되나 될랑가 너거 할배 계시재 삼촌들하고 식구는 많재 하루는 너가부지 오데 갔다 오시는데 지게에 히줄건한 섬 하나 언저 가꼬 와 겉보리 말가웃 그것도 곱장리라 그기라도 가꼬 밥을 해서 할아부지 밥 퍼고 아부지하고 삼촌들 밥 다 퍼고 아 무것도 엄는 솥에다가 백지 물 붓고 쑥을 넣어 이리저리 문대 가꼬 할무이하고 내하고 안 묵나 그때 참 쑥 멍청시리 묵었다 동네 사람들 다 쑥 뜯으로 나온깨내 가적은 들에는 쑥도 엄씨 맬갓코 저-어 항매산 백마당까지 쑥뜯으로 안 가나 동네 사람 들 너 대치 가서 한보따리 썩 해서 이고 오머 그거 가꼬 또 메 칠 전디고 시집 오기 전에는 그래도 너거 외할배 하고 끼니는 대고 지냈는데 시집와서 맨날 나물마 문깨내 배가 아파 몬 전 디것어 그래 너거 할무이 한테 배 아푸다 카머 지렁을 한 종지 주는 기라 하이고 지금 생각하머 그때 우찌 살았던고 고상고상 말도 몬하는기라

우리 어무이 듣고 들은 이야기 또 하신다 처음 들을 때는 사람 이 버틸 수 있는 궁핍이 참 대단한 수준이구나 싶기도 했지만 들을수록 긴장감이 있다 등골 서늘함이 있다

놀랍게도 이 절박한 옛 이야기는 당신께 류마치스 관절염 통증을

잠시 멎게 하는 효과가 있다는 것을 나는 얼마 전에 알게 되었다

언제쯤이면

몸에 병 맞아들이고 일손 놓은 지 오래되었네 서울있는 병원까지

오르락내리락 누구보다 아내에게 미안하였네 그리고 내 몸에게

도 많이 미안했네 어찌 보면 오히려 병은 고마운 것 병은 나의

스승, 고이 모시다가 아쉽게 떠나보내야 할 도반 같은 것 날마다

되뇌며 거울을 보네 그런데 이제 내 얼굴에는 일하는 사람의

모습을 찾을 수 없네 그것이 못내 서운하였네 여러 날 서운하였

네 눈빛도 낯빛도 일하던 사람이 아니네 손톱 밑에 끼어 있던 기

름때가 사라졌네 손바닥 발바닥의 굳은살도 없어졌네 종아리

알통도 작아진 것 같고 하루 여덟 시간 준엄하던 작업시간, 머리

카락보다 정밀한 작업공차, 언제 다시 안전모를 눌러쓰며
도면

 을 읽을 수 있으려나 언제쯤이면 ……

개가 짖는다

개가 짖는다
컹컹컹 온 동네를 짖는다
순간 동네는 개 짖는 소리로 꽉 찬다
개소리가 두부 장수 앰프 소리를
물어뜯어서 키릭키릭 잡음을 낸다
이장의 마을 확성기 소리조차도
쿨룩쿨룩 기침을 한다

확성기도 없이
동네를 가득 컹컹컹
장악해 버리는
저 힘센 목청이라니
곰 같은 앞발과 튼튼한 송곳니라니

출근을 하고 싶은 날
인터넷 카페에나 들러 잠시 둘러볼 때
저놈 또 짖는다
확신에 찬 짖음
혓바닥에서 떨어지는 자만의 침

저놈의 목청이
가득 내 방안까지 밀려온다
밀려와서는 내 몸을
이곳저곳 투닥투닥 두드리는구나
나는 내 앞발을 들어 막
휘젓는 상상을 한다
뚝뚝 침을 흘리면서
고삐를 팽팽히 당겨
곧추 일어서며

모팔모

나는 오늘 혼자 앉아 문득
모팔모를 생각한다
고구려적 모팔모 그 양반
제대로 된 강철 검을 처음 만들어
당대에서는 최고로
철의 부가가치를 높였던 사람

하지만 나 또한
이 나라 철공으로서
철의 부가가치를 높였던 사람
같은 철공으로서
오늘은 모팔모가 그립다

어떤 금형 부속은
같은 무게로 따져서
금보다 비싼 것도 많았으니
부가가치로 따지면 대단한 부가가치
오늘은 칼이 안 든다는
아내의 핀잔이 없어도

식칼을 간다

식칼을 가는 것 또한
철의 부가가치를 높이는 일
내친김에 과도까지 꺼내서
쓱쓱 칼을 간다
그냥 가는 게 아니라
이 나라 철공으로서
오늘은 칼을 간다

윙크를 한다

가끔 사격자세를 취하는 상상을 한다
변소에 앉아서도
윙크를 한 채 가늠자를 들여다본다
숨죽이고 방아쇠를 당겼을 때
어깨에 느껴지는 개머리판의 상쾌한 반동
탄환은 표적을 빗나간 적이 없다

실탄을 갖고 하는
서바이벌 게임

나는 늘 윙크를 한 채
가늠자를 통해서만 세상을 본다

효자마을

노루목

풍년가

알고 보면

닮지 마라

까치집

내가 사랑하는 것은

배재운

경남 창녕 출생.
2001년 〈전태일 문학상〉을 받으며
작품 활동 시작.
경남작가회의 회원.

효자마을

나들이 준비에 바쁜, 먼촌 아재
동네 청년들이 경노잔치를 여는데
성의를 봐서 늦지 않게 가야 한다고 서두신다

빈집도 더러 보이는 사십호 남짓한 산골 마을
아직도 젊은 사람들이 많이 남아있나 했더니
나이가 좀 묵었는데 한 육십 될 끼라 하신다

젊은 사람 다 떠나고 없으니
일흔 넘은 노인 위해
환갑 묵은 청년이 벌이는 위안잔치
웃음소리 담장을 넘건만 왠지 쓸쓸하다

저분들마저 떠나고 나면
기억 저편에
쓸쓸히 묻혀갈 효자마을

노루목

왜 여기까지 왔을까
사냥꾼은 보이지도 않고
거칠게 달려온 발자국만 숨 가쁘다

이른 새벽, 늦은 밤
밤낮을 가리지 않고 달려
무엇을 찾으러 왔을까
그 무엇도 없는 여길

해는 기울고
더 나아갈 수도 없는
노루목에서 뒤를 돌아본다

봉숭아 해바라기
꽃 피고 단풍 지고
아이들 웃는 소리 투정하는 소리
한 장면
한 장면
잘려나간 필름처럼 사라지고

딱딱하게 굳어있는
그림자 하나만 나를 잡고 있는
쉰 고개 노루목

지친 노루가
돌아갈 길을 더듬는 산등성이
갈잎은 거친 발자국을 지우며 굴러가고

풍년가

비가 옵니다
또 비가 쏟아집니다

물이 자불자불한 나락논에
밀려드는 벌건 황토물
허수아비도 놀라 허둥대고
물새도 안타까운 듯
끼룩끼룩 하늘을 쳐다봅니다

해마다 되풀이 되는 물난리
그래도 가을이 되면
쌀이 남아돌아 풍년이라 합니다

물난리에 수입쌀에 스러져 가는
농촌도
신자유주의 물살에
하청으로 일용직으로 밀려나는
노동자도

모두 못살겠다 아우성인데……

알고 보면

야간일에 길들여져
잠 오지 않는 밤
하릴없이 귀뚜라미 소리에
귀 귀울이다
창문을 스치는 바람소리 너머
비명을 지르는 구급차 소리에
나도 모르게 가슴 덜컥하다
이내 꼬리를 무는 생각의 파도에 밀려간다

공장생활 이십여 년
지나간 시간들이 소용돌이치며
아득히 멀어졌다
또렷해지다가
지워지고 되살아나는
오늘 같은 밤이면
북적거리는 이 도시에서도
외딴섬에 홀로 남은 것처럼 불안해진다

깊은 밤

어디서 오는지
알 수 없는 이 불안감은
알고 보면
오래도록 내 맘속 등대로 자리 잡았던
공단의 불빛에서
멀어진 때문인지 모른다

닮지 마라

용돈이 궁한 아이
광고지에 끼어있는 무료 쿠폰처럼
연필로 몇 장 그려
엄마 생일 선물로 대신했다

설거지 무료 이용권
안마 무료 이용권
빨래개비기 무료 이용권

부도날 위험이 다분한 약속어음 같은
속이 뻔히 보이는 외상 선물
그것도 사랑이라 여기며
흐뭇해하는 아내에게
오늘은 왠지 미안하다

여태껏
뭐 하나 변변하게 해준 것 없이
올해도
말로만 때워야하는

궁색한 내 모습

아이야 그건 닮지 마라

까치집

전봇대 위에 집을 지은
까치는
타다다 타다다
속이 탄다

이곳저곳 고르고 살피다
겨우 둥지를 틀면
또다시
뜯기고 부서지는 보금자리

바삭바삭 속이 탄다

이 공장
저 공장 어디에도
뿌리 내릴 수 없는

비정규직처럼

내가 사랑하는 것은

내가 너를 좋아하는 것은
허연 속살 때문도
포동포동한 촉감 때문도 아니다
하늘 높은 줄 모르고
호기를 부릴 때나
외로움에 고개 숙일 때에도
언제나
있는 듯 없는 듯
조용히 자리를 지켜주는
네 마음을 좋아하는 것이다

사그라지는 거품과
뻥 튀긴 옥수수 얄팍한 주머니가
서로의 무게를 가늠하고 있는
늦은 밤

내가 사랑하고 아끼는 것들은
이토록 가벼운 것인지도 모른다

잠 못 드는 밤에

유혹

가뭄시대

터널

비정규직으로 살면서

꽃구경을 두고

틈

가로등

만남을 두고

손님

이규석

경남 함안 출생.
1987년 〈고주박〉 동인으로 작품 활동 시작.
시집으로 『하루살이의 노래』 등.
경남작가회의 회원.

잠 못 드는 밤에

요즘은
잠 못 드는 밤이 많다

눕자마자 잠든 아내를 보며
질투 날만큼 부러워하다가도
자리를 이탈할 수 없는 라인작업에
하루 종일 얼마나 피곤했을까 싶다

가장의 위치 바로잡지도 못하고
아내만 고생시킨다는 안타까움에
몇 번을 뒤척이고 뒤척이다
가만히 아내 손을 잡아본다

욕심처럼 아내 손을 잡아도
찌릿한 전기도 통하지 않는 이 나이
꼬리를 물고 솟구쳐오는 살이의 걱정들
어두운 앞날 같이
오늘도 밤은 길고 길기만 하다

유혹

우리 집 통장은 늘 고프다

네 식구 거느린 우리 집 통장
아내와 꼬박 한 달을 일해도
허기지는 것만큼 발목 잡혀
어깨는 쳐져도 솔직하게 살았다

돈이 들어오면 기다렸다는 듯이
통장을 빠져나간 흔적들 정리하다
두 사람 벌이보다 많은 큰 돈
주인을 잘못 찾아 들어와
내 것처럼 찍혀 있다

내 거래처에서 보낸 것이다
한 달이 지나도 말은 없었고
큰 숫자를 보니 군침이 돈다
시치미 떼고 모르는 척 할까
거래처 사장님이 나를 실험하는 걸까

어깨 쳐져 살아도 솔직했는데
저 돈이면 하는 이 헛된 욕심에
마음 흔들리면
흔들릴수록 더욱 괴울 것이다

가뭄시대

쨍쨍한 신자유주의 불볕을 물고
단비를 기다리던 농부의 마음처럼
논바닥은 말라 쩍쩍 갈라지고

빠져나갈 구멍도 없는
신용불량에 족쇄 찬 노숙자들처럼
웅덩이 속 작은 물고기들
허연 배를 뒤집으며 파닥거리고

차별에 차별로 배배 꼬이고 꼬여
일자리에 생활까지 위태위태한 비정규직
바싹 타들어간 그 가슴 같이
벌겋게 물드는 저녁노을
내일로 갈 길목에 걸려
불안한 징조처럼 버텨 섰고

이 환장할 목마름 앞에
지금 우리가 뿌리내릴 땅
먼지만 풀풀 인다

터널

몇 십 년 믿음으로 다녔던 공장
닳도록 익혀왔던 그 길 위로
한순간 칼바람 훑고 지나간 뒤
갑자기 주위가 어두워졌다

어둠에 가슴 졸이며 가다
닫힌 공장 문들까지 흔드는 발품 팔아
이력서를 넣고, 기다려보란 무소식처럼
그 무소식의 기대마저 빗나갈 때
눈에 익던 길마저 더 어두워지고

돌아갈 수도
멈출 수도 없는
포기해서는 더욱 안 될 이 길

몸을 바닥까지 낮추고 낮춰
기어서라도 벗어나야 한다

비정규직으로 살면서

이제는
닻을 내리고 싶다

일용직으로
이 공장 저 공장을 맴돌아도
바람처럼
한 곳에 머물 수 없는 시한부의 삶
방향이 없다 앞날을 향해
좌표는 더욱 찍을 수 없고

바람도 없는 이런 날
무게 중심을 잃고 흔들리는 건
몸과 마음뿐이 아니다

퇴직금 있는 공장이라도 다닌다면
풍랑 만난 어선 같이
이렇게 초조한 불안은 덜 할 텐데

키보다 더 길어진 그림자를 물고

이력서 한 칸 채울 준비를 할 때마다
울고 싶다
마음 놓고 울 수 있다면
그것도 내겐 사치가 될 것이다

꽃구경을 두고

출근하는 공단길 따라
울을 만들어
노랗게 웃고 서 있는 개나리
봄을 알리고 있는데

꽃구경 다녀왔다며 가져온
동동주와 봄나물을 안주로
옆집 사람의 자랑소리와 함께
밤늦도록 마시는 나를 향해
우리도 하는 가족들의 그 눈치
출근길 가슴을 무겁게 눌러오고

의무방어도 힘든 한 달을 놓고
아무리 두드리고 계산해 봐도
머리는 자꾸 좌우로 흔들린다

봄이라
꽃구경이라

봄날이 다가기전 치러야 할
저 눈치의 고지서를 두고
혹시 일거리라도 들어올까 싶어
자꾸 퇴근시간을 늦추고 있다

틈

이제 갇힌 것이구나

사방이 꽉 막힌
짙게 깔린 어둠 뿐

아무리 둘러봐도
빠져나갈 구멍은 보이질 않고

큰소리치며 당당했던 마음 서서히
답답한 어둠에 불안을 느낄 즈음
어떻게 들어 왔을까

보란 듯이
두껍고 단단한 그 벽을 뚫고
새어 들오는 저 한줄기 빛

힘으로만 두드리고 발버둥 쳤던
고정관념으로 굳은 내 안일함들
와르르 무너지는 순간

갑자기 이 어둠이 보이기 시작했다

가로등

목을 길게 뽑고
모둠발로 서 있는 가로등

늦은 밤
마중 나온 아버지 빛이 되어
어둠 밝히고 서 있었지

낮은 지붕 등에 업고
작은 바람에도 들썩일 불안들
가슴 태우며 걱정으로 안고
저만큼 외로이
버팀목으로 지켰던 자리

오늘 같이
어둠 짙은 골목길 들어섰을 때
목소리로 와 닿는 얼굴
그 얼굴처럼 더욱 빛나 보인다

만남을 두고

나무 한그루 심는다

보고 싶은 들뜬 마음 하나로
기다림의 창窓을 열고
두 귀 쫑긋 세우면
마음은 벌써 촉촉이 젖는다

설렘 담은 물도 주고
반가움 실은 거름도 하며
정성을 다해 가꾸는 나무
진한 기다림을 물고 커 가는데

기다림의 시간이 쌓여
창을 닫고 돌아서는 날마다
잊어보려 고개를 흔들어 보지만
그리움은 더욱 새록새록 피어나고

나이테만 늘어가고 있는
내 가슴속 나무 한그루
아직도 짙고 푸르기만 하다

손님

집을 비우는 시간을 알았는지
초대하지 않은 손님
몰래 다녀간 모양이다

가난한 시인의 집
크게 대접할 것은 없었고
고작 아이들 교통비와
간식비로 남겨 둔 몇 푼이 전부인데

장롱과 서랍마다 쟁여놓은
가족들의 추억과 오붓한 살이의 정성들
곳곳에 어질러 놓은 그 흔적들 보며
얼마나 나를 원망했을까

내가 있을 때 왔으면 하다가
가져가도 모를 만큼 꽂혀 있는 책들
그 갈피 속들을 찬찬히 들여다본다면
평생 먹고도 남을 양식
찾을 수 있었을 터인데

가난해서 참 미안 했소 손님

반성

사는 방법

어머니

가장 중요한 것은

다른 세상

선풍기를 닦으며

박만자

경남 밀양 출생. 〈객토문학〉 제4집으로 작품 활동 시작.
웅변인, 웅변부문 대통령상 수상. 〈박만자 스피치 교육원〉 운영.
저서로 『리더를 위한 스피치』 발간.
창원대학교 대학원 졸업(문학 석사).

반성

하늘 쳐다보기가 두렵다

풋고추 생된장에 푹푹 찍으며
식은 밥 한 덩이 찬물에 말아 먹으면서도
배만 부르면 되었는데
뭘 먹을까 고민하고

무료 급식소에서 주는 점심으로
하루를 보내는 사람이 몇인데
끼니 투정이라니

어느 해
봄 소풍 날
빈 도시락에 옥수수 빵 받아들고
나무아래 쪼그리고 앉아
점심 먹었던 기억을 지우고 있는
나를 발견한다

사는 방법

허리도 잘 펴지 못하는 할머니 한 분
버려진 종이박스를 정성스레
리어카에 싣고 있다

어제는 대선후보자가 쓰레기차를 끌고 있더니
오늘은 국회의원 후보자가 쓰레기를 줍고
내일은 또 누가 쓰레기를 주울지 모른다

어느 시대고 있었던 일들이기에
새삼 놀라울 것은 없다

어머니

어젯밤 모질게 퍼붓던 빗줄기에
온 삭신이 내려앉더니
긴팔이 생각이 난다
아무도 가르쳐 주지 않았는데도
찾아온 가을

쓸쓸함을 잊고자 산소를 찾았다
깨끗하게 단장된걸 보니
오빠도 쓸쓸했나 보다

'못 땐 것 니도 자식 낳아봐라'
혀를 찼던 어머니
저 멀리
풀숲을 헤치며 아직도 논두렁콩을 뽑고 계신다

가장 중요한 것은

가장 중요한 것은 먹고 사는 일이다

광장에 모여든
수천수만 개 촛불
물류기지를 떠나지 못하고
쌓여 있는 컨테이너들
멈춘 조립라인들

목소리로 몸부림으로
작은 희망의 불씨 되기를 두려워하지 않는
사람들

가장 중요한 것은
가장 절박한 것이다

다른 세상

기숙사에서 공장까지 오 분 거리
들깬 잠에
발걸음이 무겁다
어둠이 끝나기도 전
1월의 바람은 귀를 얼리고
빨리 걸으려면 빨리 걸을수록
더디기만 하다
새벽부터 불을 밝히고
튀김을 하느라 바쁜
김일상회* 앞을 지날 때면
밤새 비워놓은 뱃속은 요란해진다
배를 달래며
눈을 부비며
뛰다시피 걸으며
꿈을 키워왔는데
공장굴뚝 만큼 아파트가 올라가고
파란작업복의 여공이 걸었던 길에는
낯선 새 한 마리
모이를 쪼고 있다

* 1970년대 양덕 한일합섬 기숙사 앞에 있던 가게

선풍기를 닦으며

집념하나 믿고
빈손으로
남의 집 쪽문에 간판 달고
오늘은 누가 입학하려나
애태운 순간순간
반년을 공치다시피 하루하루 보내며
끼니걱정에 머리 싸맬 때도
머리를 식혀주던 니가 있었기에
덜 궁색했다

닦아도 지워지지 않는 세월의 때
터더덕 터더덕
바람보다 모터소리가 더 커도
고장 없이 버티고 있는 그 깡다구
내 모습 같아
버리지 못하고 기름을 친다

노민영

경남 마산 출생.

〈객토문학〉 제6집으로 작품 활동 시작.

현재 권환 문학제 집행위원으로

활동하고 있음.

신용불량자

더 잃어버릴 것이 없다고 지어준
그 이름

새벽
컨테이너 창고 불빛이
모진 희망의 눈빛처럼 눈부시고
갈라진 손끝은
입춘을 알기나 하듯
빨간 꽃망울처럼 부풀어 오른다.

뿔뿔이 가족 흩고
혼자 벅찬 날
초라하지 말자고
손이 부르트도록 일에 지쳐보지만
단칸방도 없다고
설레는 봄날마저
그에게 싸늘하게 군다.

삼풍대

삼풍대에 큰 바람이 불면
남해의 전설이 들린다.

삼풍대에 큰 바람이
바다 쪽에서 불어오기만 하면
물결을 헤치며 노 젓는 소리가 들리는 듯하다.

태풍이 회오리치는 밤
이끼를 걸친 아름드리 고목들이
긴 가지를 휘젓고 곡소리를 내면
잎사귀는 전사들의 주검처럼 떨어져 나뒹굴고
신들린 폭풍우는 삼풍대를 맴돌아
쏜살같이 큰 가지하나 우지직 찢어
해전의 뱃머리 부딪히는 소리를 낸다.

가지 틈 사이로
바람 탄 빗발은
화살처럼 어디든 백발백중이고
몸이 흥건히 젖은 것들은 죄다 머리를 조아린다.

그 기세를 몰아 번개가 적진에 기를 꽂듯
번쩍이는 섬광의 날을 찌르는 순간
승전고를 알리는 천둥이 천지를 울리고
새벽이 오도록
억수 빗소리는 승리의 함성을 울리다
먹구름을 쫓으며 멀어져 갔다.

새날이 밝은 삼풍대
서른 세 그루의 고목은 젖은 가지를 들어올리며
지난날
이 숲 속에 무슨 일이 있었는지
물방울을 툭툭 털며 물음표를 던져보지만
사람들이 쉬어가는 삼풍대는 고요하기만 하다.

주) 삼풍대 : 마산시 내서읍 삼계리(화성아파트 앞)에 있는 식수미상 연대미상의 느티나무 군락으로 대략 수령 500년 이상의 고목 30여 그루가 있는 숲 공원으로, 구전에 의하면 동네의 액운과 바람을 막기 위해 심었다는데 들판을 감싼 양쪽 산 꼬리를 잇는, 족히 오리(2km)를 나무가 줄지어 있었다고 한다. 또 임진왜란 때 충무공의 해전에 쓰일 전함을 만들기 위해 재목으로 많은 고목이 베어져 가고 현재 남은 것이 전부다.

그 오두막집

산 언덕배기 홀로
물끄러미 내려다보는
오래된 토담집

그곳에
설레는 사람이 산다.

뒷산 노을이 들면
하얀 날개를 펼친 백로가
구름처럼 떼 지어 대숲으로 날아들고
전설 같은 이야기와 함께
몇 만 년 묵었을 달이
감나무 가지에 매달려 누렇게 익어가고
별무늬 수놓은 깜깜한 병풍을 두르고
밤이 삭고
마음이 녹아 결을 이룬다.

꿈처럼 하얗게 순한 깃털 둥지
머물고 싶고 부비고 싶은 품

꿈의 알을 깨고 눈을 떠보고 싶은 곳

뒤척이는 잠자리처럼
생각을 떨치지 못하여 굳어버린
그리운 섬
그 오두막집

눈병

바라보는 곳마다 따라 움직인다.

의사는 드물게 생기는 경우로 평생 간다고 하며
충격을 받아서 그렇다는데
병원을 나서며 아무리 생각해도
충격을 받은 적이 없는 것 같다.

그날 밤
보름달을 바라보며
눈병을 고민 하는 나와
눈동자가 마주친 달은 나에게
자신의 이야기를 들려주었다.

수억 만 년 전
단 한 번의 큰 충격으로 인하여
까만 하늘의 눈동자가 되었으며
그 속에 묻은 얼룩은
너무 한 곳을 바라보다 짓무른 흔적이라고
그리고 오랫동안

떠날 수 없는 힘에 이끌려
언제나 제자리를 맴돌고 있으며
아무리 먼 곳에 있어도
눈길을 뗄 수 없는 곳을 향하여
이렇게 빛나는 거라고

내 눈도
언뜻 마주친 눈길을 떨치지 못해
병을 앓고 있는 것일까

김장 주술

파산 후유증 앓는 사람 겨울 잘 나라고
김장을 해주며
종일 그에게 주술을 걸었다.

풀이 죽어 누런 속
벌리고 뒤집는 손길이 스칠 때마다
쓰리다 따갑다 할 겨를도 없이
벌겋게 달아오른 몸

처음은 다 그런 게지
숙성이 되면
아무것도 아닐 게야

제법 맛을 아는 사람들이
군침을 흘릴 때쯤
벌건 오르가즘이 달아오른
시큼한 카타르시스를 즐기는 거야

잎 사이사이

그 매서운 날 덧나지 않게
부푼 가슴 재우듯
양념 실컷 버무리자

김장독처럼
얼지 않을 만큼 이 겨울을 견디고 나면
푹푹 봄이 익는 날
서걱거리던 날도 삭아지겠지

척척 손이 맞아 일이 돌아가는 내내
그가 웃기만 하는 것이
암만해도 비법이 효험이 있긴 있다.

제값 치루는 날

사과향이 물씬한 길에
달콤한 흥정이 오간다.

난전 사과장수는
차에 수북한 사과를 가리키며
사과가 너무 달다보니
벌레가 먹고 일찍 떨어져 상처가 있지만
속맛은 꿀맛이라며 싸게 판다고 외친다.

귀에 익은 뻔한 말이지만
때마침 제법 윙윙거리는 몇 마리 벌들이
한 수 거드는 사이 손님들은 슬그머니
얇은 지갑을 꺼내어 선심 쓰듯 사과를 산다.

덤으로 몇 개 더 얹은 사과봉지처럼
헤픈 속 구석구석 한번이라도
묵직하게 끌어당겨 준 적 누가 있었을까

생각보다 달콤한 그들 속에서

상처 난 값이라도 받기 위해 길거리에 나선
싸구려 사과같이
아무 입에나 그렇게도 혀같이 달았던 나는
숭숭한 가슴지갑을 열고
뻣뻣하게 제값을 치룰 날에 침이 고인다

아련하다
선인장
적막
살사리꽃
내 마음은
내 시는 나의 밥이다
흔들리며 가는 길
서야 산다
시인의 항변
있으나마나

표성배

경남 의령 출생.
1995년 제6회 〈마창노련문학상〉을 받으며 작품 활동 시작.
시집으로 『아침 햇살이 그립다』, 『저 겨울산 너머에는』,
『개나리 꽃눈』, 『공장은 안녕하다』 등. 한국작가회의 회원.

아련하다

입춘立春에 눈 내리더니 내내 마음 푸근하다

우수雨水 지나고도 한참 공장 담벼락 밑엔 말간 눈雪들 어기
영차 버티더니, 오늘은 이마가 햇볕에 빛난다

공장 서쪽 너머 철길 언덕에 사는 까치들이 남기고 간 발자
국 몇 개 내 지나온 길처럼 아련아련하다

선인장

애처롭기 짝이 없다만
뿌리라도 내렸으니 대견스럽다
답답함이야 오죽할까마는
너의 인내심을 배워야겠다
벌과 나비 하나 찾아 들지 않는
아파트 베란다 한쪽
꼭꼭 닫힌 창문 너머
햇살도 고개만 내밀었다 갈뿐
관심 밖에서 외로움에 떨고 지냈을
지난밤을 생각한다
처음부터 평탄한 삶 바라지야
않았겠지만
원하지 않는 땅
원하지 않는 곳에 정착하고부터
사실 하루하루는 외로운 것이다
마음이야
파란 하늘 밑을 동경하지만
한 번 정착한 곳에서
그리 쉽게 떠날 수 없으니

삶이란 늘 안타까운 것인지도 모른다
햇볕 잘 드는 화단에다
너를 내놓고 보니
오늘따라
하늘이 참 맑다

적막

내내 웅크리고만 있더니 어디를 급히 가시나 공장 처마에서 야적장을 가로 지르는 비둘기 한 쌍, 바람도 없는데 바람 소리가 난다

기계마저 잠든 점심시간 봄 햇살에 스르르 졸고 있던 백목련이 바람 소리에 남쪽 꽃봉오리를 툭, 놓아 버리고는 어쩔 줄 모른다

떨어진 백목련 꽃봉오리에 내 눈은 오래도록 머물고

살사리꽃

무슨 말 해 주어야 할까

여린 한 줄기 생

건듯 부는 바람에 온몸으로 맞서는

고된 노동이여!

누가 가는 허리 잡아 줄까

잡아 줄 수나 있을까

계절마저 변덕이 심해 몸은 이미 병들어

어머니는 늙고

아이 눈은 초롱초롱 한데

주) 살사리꽃은 코스모스의 순우리말이다.

내 마음은

목련꽃 피니
봄인가 싶었는데
참꽃 지니
봄이 가는가 싶네

봄이라고
꽃들,
피었다 지며
제 각각 뽐내지만
쌩쌩 도는 기계 앞에
얼씬도 못하는
꽃 따위
나와 무슨 상관인가

오늘도 어제처럼
기계 앞을 쉬이 떠나지 못하는
내 마음은 싱숭생숭

꽃 피었다

꽃 떨어졌다
지랄 같은 봄날은
화사하기만 하네

내 시는 나의 밥이다

내가 내 시에 대해 말 할 때는
언제나 산맥처럼 당당했다
아니, 당당한척 했는지 모른다
사실, 사십이 되기 전에는 내 시는 나의 밥이었다
알맞게 간이 된 국이었고
젓가락이 자주 가는 반찬이었고
따뜻한 숭늉이었다
내 밥에는 노동자들 머리띠가 붉게 빛이 났고
망치소리는 경쾌했으며, 팔뚝은 우람했고
가슴은 넓었다
내 밥에서 몸을 웅크리고 있는
선반가공 경력, 밀링가공 경력, 용접 경력을
우연히 마주치기 전까지는 그랬다
당당했던 내 밥이 이력서에서도 자꾸 작아지더니
언제부턴가 현관문을 열고 닫을 때도
스스로 열수가 없었고
아이들 학적부 귀퉁이를 차지한
부모 직업란에서도 꼬리를 감추었다
내 밥이 눈에 보이지 않게 될 때쯤

믿었던 친구들도 금기처럼 묻지 않고
오히려 위로를 건넸다
내가 내 밥을 먹지 못하게 되자
몸은 갈수록 야위어졌고,
마음은 불안했다
그때서야 나는 내 밥의 출발점을
다시 생각하게 되었다
오랫동안 한 쪽 구석에 먼지를 뒤집어쓰고 있는
낡은 가방을 생각하게 된 것도 그 때쯤이었다
조심스레 가방을 찾아 열어 보니
가방 한 쪽 귀퉁이에 귀가 닳은
『전태일 평전』이 웅크리고 있었다

흔들리며 가는 길

신발 끈을 단단히 조인다

출발은 늘 그랬다

얼마가지 못해
마음이 느슨해지리라는 것을
내가 더 잘 알고 있다

어느 것 하나 제대로 이룬 것 없으니
내 길은 탑이 되지 못할 것이다

바람이 분다

흔들렸다가도 거뜬히
제자리 잡는 갈대처럼

내 길은
흔들리며 가는 길

서야 산다

서다 반대말은
앉다나 눕다가 아니고 죽다 이다

첫 아이가 태어나
첫 걸음마를 떼기 위해 스스로 설 때
짝짝짝 손뼉 치며
얼굴이 활짝 열렸을 남편들이여

아는가?
모든 아내들의 기쁨은
서는 곳에 집중되어 있는지 모른다

특히 사내아이는
서는 날이 진짜 사내가 되는 날이다

오늘 같은 신자유주의 시대에는
똑바로 서느냐 안 서느냐의 문제는
파산破産의 문제이다

아들아! 서야 산다 꼿꼿하게

시인의 항변

햇살이 화사하다거나
바람이 가만가만 살랑인다거나 하는
내 몸을 간질이는 이 날것들에게
나는 좀 관대하게 대하지 못한다
비가 온다거나
눈이 내린다거나
내 몸 밖에서 내 몸 안을 자꾸 들여다보는
이 엉큼한 것들에게 오히려
마음 열어 보이고 싶은 것은
타고난 바람기 때문인지도 모른다
내 몸과 마음 사이
그 사이에
당신과 아이들이 턱 하니 들어앉고부터
내 외유는 사실상 자유롭지 못해
햇볕이나 바람 따위가
비나 눈 따위가 아무리 집적거려도
눈 딱 감을 줄 알아야 되는데
시인들이여
아내에게 아이들에게 어디 미안한 마음

한 번이라도 가져 보았는가
어느 날 술에 취해 밤늦 게 들어서며
시詩라는 잡것이
사람마저 잡것으로 만든다며 열 올리는
고상한 시인은 못되어도
낭만은 좀 있어야 하는데
내 마음은 세상 미처 돌아가는 일에
더 관심이 많으니
이 새파랗게 날 선 날것들의 언어에
늘 몸은 만신창이가 되어도
정신만은 꼿꼿이 살아 혁명을 이야기 하다가도
아침이면 어디 쥐구멍이라도 찾는 게
시인이라는 잡것이다
용서하시라 아내여
아이들이여
틈만 나면 밖으로 밖으로 눈을 돌리는
이 신들린 잡것을

있으나마나

이 흔한 날들이 또 오고가면 무엇 하나 생각느니 길섶 풀잎 하나 일으켜 세우지 못하는 내 손은 있으나마나 발에 채는 돌 멩이 하나 뜨겁게 달구지 못하는 내 가슴은 있으나마나 있으나마나 한 날들 또 오고가면 무엇 하나 아직도 올려다 볼 수 없는 사월 하늘은 저 혼자 푸르기만 한데 껍데기는 가라 껍데기는 가라고 외쳤던 목소리만 공허하게 떠돌아다닐 뿐 사람과 사람 사이 낮은 울타리 하나 넘지 못하는 내 목소리는 있으나마나 마주 선 당신 눈빛 하나 반짝 틔우지 못하는 내 눈은 있으나마나

주) 신동엽의 「껍데기는 가라」를 빌어다 썼다.

정은호

경남 진주 출생.
1999년 〈들불문학상〉을 받으며 작품 활동 시작.
시집으로 『지리한 장마, 그 끝이 보이지 않는다』 등.
한국작가회의 회원.

독수리 타법

세상을 살아가는 길이나
시 한 줄을 옮겨보는 것이나
어찌 한 가지 방법뿐이겠냐만
늘 쉽게 가려한 것이 문제였다

딱히 컴퓨터 좌판 위에만
손가락 두 개를 올려놓고
열 개라고 우기며 살았던 게 아니다

헉헉거리며 몸부림쳤지만
빠르지도 못 했고
독수리처럼 날아오르지도 못 했다

더디게 더디게 가더라도
이것부터 고쳐 놓아야겠다

살면서 무시하고 온 것들
그 오류들부터
훨훨 날려버려야겠다

그날

　그날, 설 명절 앞두고 연말성과급 받자고 단식농성 팔 일만
에 위원장이 병원까지 실려갔다오고 더 이상 어찌 해볼 길이
없자
　머리 깎겠다, 공장본관 앞에 조합원들 불러놓고 삭발식 하
려는데

　나이든 형들이 먼저 머리 깎겠다 나서고
　형들처럼 쉬 나서지도 못한 나는

　그냥 눈시울 붉히고 섰다

봄날

부모는 자식 잘되어야 어깨 힘도 들어가고 콧방귀도 낀다는
데 난 그런 자식 되어보질 못했다

팔순 다되어가는데도 농사일 손 놓지 않으시니 "제발 이제
그 농사 좀 버리소" 소일 삼아 한 두어 마지기만 부치시라 해
도 맨날 약봉지 달고 사는데 그 약값 어디서 나올 끼고 딱 잘
라버리신다

씨나락 넣는다는 연락 받고 아내랑 고향 가는 이 봄날 농사
는 아버지 평생 버릴 수없는 식구 같은 것을 어눌한 자식 놈이
그 희망을 버리라고 했다

잔칫날 아침에

아내가 망설였다 다른 날도 아닌 친정집 잔칫날인데 입고
갈 옷이 없단다

살면서 눈 비 내린 적 왜 없었겠냐만 갈음옷 한 벌 없이 어
딜 나설 수 있을까

땡빚을 내더라도 당장 옷 한 벌 사 입어라고
여태껏 뭐하고 있었느냐고 버럭 화를 냈다만

화가 금세 내 마음속에 들어와 가슴이 뜨겁다

빈자리

못 살겠다
돈 한 번 펑펑 써보았으면 좋겠다며
막내 놀이방에 맡기고
아내도 공장에 간다
야근하고 퇴근 한 나는 할 일이 많아졌다
다들 제 갈길 가고 아무도 없는 집
혼자서 아침 밥 챙겨먹고
설거지 하고
윙윙 청소기도 밀고
걸레질도 하고
가만히 누웠다
누워서 눈 붙이려는데
왠지 쓸쓸하다
아이들과 아내가 누웠던 자리

고향 가는 길

가끔은 고향 가는 길 멀 때가 있다

넌지시 말해 두긴 하지만
솔직히 아내 마음도 살펴야 하고
컴퓨터가 좋다는 아이들도 꼬셔야 된다

그래도 나는 즐겁다

아침에 일찍 일어나 이불도 개고 청소기도 밀고
아내 눈에 들기 위해 체면이고 뭐고
아예 휙 집어던져버리고 집안일을 했다
그리고 조용히 말했다
봄나들이 가듯이 다녀오자고

한 시간이면 가는 길을 두고
바다와 숲과 들이 보이는 길 둘러서 가며
아이들 마음에도 말을 붙인다
시골 할아버지 집 가는 길 죽이지

고향집 들어서면 늘 기다리고 있었다
아이들 껴안는 그 환한 얼굴

아내가 부르는 노래

딸아이 셋 키우는 제 얘깁니다
아내는 화장실 둘 달린 집으로 이사 가자
언제부턴가 늘 노래를 불렀습니다
그날도 화장실에 앉았는데
막내 놈이 아빠 빨리 나오라고
문고리 잡고 죽는소리 냅니다
아내도 덩달아
우리집 막내놈 똥꼬 움켜잡았다고 합니다
똥 누다 문 열고 나옵니다
큰놈 작은놈도 마찬가집니다

아내가 부르는 노래가
오늘따라 머리끝에서 발끝까지 흔들어 놓습니다

이상호

경남 창원 출생.

1999년 〈들불문학상〉으로 작품 활동 시작.

시집으로 『개미집』등.

경남작가회의 회원.

툭

한순간 툭
끊어질 것 같다

오르고 내리는 하루의 일과는
늘 팽팽함이다

딸깍이는 소리가
기도문이 되어 울리는 하루

바닥에 닿은 리프트의 한숨이
축 쳐지는 와이어에 걸린다

툭 허물어지듯 주저앉는 몸

담뱃불이 경고등처럼 빨갛다

여름, 어느 날

어머니 살고 계시는 대문 옆
고무대야 서너 개에
고추를 키우셨는데요

골목길 오가시는 어르신들
그놈 참 싱싱 하다시며 하나 둘 따가셨는데요

어느 날
고추 꽃만 남기고
여물지도 않은 고추 다 따갔다고
어머니 목청 달아 올라셨다는데요

한여름 땡볕에
고추들이 대롱대롱 약올라갈 즘

괜스레 마음 쓰여
국수 말아 어르신들 부르시고
그 고추 된장에 푹푹 찍어 드셨다는데요

약 오른 인심
매운 고추 맛에
화끈하게 풀어졌다는데요

가위

대충 껴입은 옷
뛰어서 출근한 현장
미안하고 부끄러워
머리 글쩍이며
고개 드는데

창문 너머 햇빛 밝다

몸살 나
월차 낸
목요일 아침

아내의 희망사항

아내의 희망사항은
유모차를 밀며 초저녁 동네 한 바퀴 도는 것이었다
주말이면 근처 운동장에 나가 자전거를 타는 것이었다
남편이 쓸고 간 방바닥을 닦는 것이었다
밥을 푸면 반찬을 놓아 주는
남편을 보는 것이었다

큰 아이 낳고는
야간작업에 긴급출동에
밤을 낮 삼아 보내다
들어주지 못했다

작은 아이 낳고는
병원에서 치료받는다고
들어주지 못했다

지금은
일자리 알아보고 건강관리 한다고
들어주지 못하는, 나는

수업시간

노인복지관에서 한글 수업을 하는데

"이 선생은 부모님께 잘하겠다."

일흔 전후의 할머니들이
입을 모아 웃으신다

육이오를, 보릿고개를
은백 머릿결에 담고 계신 분들 앞에

책과 들은 얘기로
주절주절 읊어대는 나를

가나다라 가르쳐 준다고
선생님, 선생님 부르며 반겨주시는 분들

어머니께 잘 못하고 있는 것 다 안다는 듯
넌지시 던지는 말씀에

얼굴 확 달아오른다

담쟁이

말라붙은 담쟁이의 흔적 위로
길을 만들며 한발 한발 내딛는
새 담쟁이를 본다

억척스레 뻗다 끝내 넘지 못한
한 생의 길 위에
꼭 넘어야할 길 인양 뻗어 가는

빨판 하나 갖다 붙이는 것도
얼마나 많은 더듬이를 놓아야할까
어제와 오늘 사이
불안하게 붙은 짧은 나아감

계절은 바뀌어 가고
넘어야 할 담은 높기만 하다

벼룩시장

어디에 이렇게 생생한 길 있을까
어디에 이렇게 쉽게 찾을 수 있는 길 있을까

방 한구석에 앉아
달세, 전세, 주택, 아파트를 지나
경차, 중형차, 수입차를 지나
선반공, 용접공, 조립공, 영업 등
숱한 자리들이
시름을 잊게 하는

어디에 이렇게 화끈한 길 있을까
한 장 한 장 넘기는 순간마다
희망의 길 불끈불끈 솟다가
쉽게 구겨져 버리는

스스로 희망을 만들어 가는 사람들

1

사람들 사이에 맺어지는 관계. 또는 서로 까닭이 있어서 맺어지는 관계를 인연이라 합니다. 옷깃만 스쳐도 인연이라 하는데 객토문학 동인들과 인연을 맺은 지가 벌써 17년 남짓 되었습니다. 17년이란 세월은 결코 짧은 것이 아닙니다. 그리고 앞으로 남은 세월도 관계를 맺고 살아야 합니다. 어떤 어려움이 닥치더라도 한평생 함께 살아가야 할 깊은 인연을 타고난 것이지요.

오직 자신과 제 식구들의 편안함을 위해 가난한 이웃이야 어찌 되든 말든 재산을 늘리는 사람들이 득실거리는 이 시대에 동지라 부를 만한 사람이 몇이나 되는지요? 이런 메마른

시대에 객토문학 동인들은 옛날이나 지금이나 제게는 둘도 없는 동지입니다. 왜냐하면 '첫 마음'을 잃지 않고 아직도 '시의 길'을 걷고 있기 때문입니다. 스스로 가난하게 살아야 하고 스스로 외롭고 쓸쓸한 길을 걸어야 하는 게 '시인의 길'인 줄 알면서, 그 길을 여태 붙들고 있으니 어찌 동지라 말하지 않겠습니까?

어느 날 문득, 맨발로 산밭으로 가서 괭이로 이랑을 만들다가 '시인'이란 말이 참 정겹다는 생각이 들었습니다. 그리고 가난한 농사꾼이나 노동자들에게 정말 잘 어울린다 싶었습니다. 시는 우리의 마음을 따뜻하게 해 주는 것이지요. 시는 우리를 기쁘게 해 주는 것이지요. 시는 새로운 세계를 열어 보여 주는 것이지요. 시는 자유롭게 살아가는 마음을 갖게 해 주는 것이지요. 시는 우리의 마음을 깨끗하게 해 주거나, 높은 곳으로 끌어올려 주는 것이지요. 시는 참된 것을 찾아내는 것이지요. 그래서 시는 스스로 희망을 만들어 가는 것이 아니겠습니까.

이오덕 선생님께서는 생전에 이런 말씀을 하셨습니다. "학교 공부를 가장 적게 한 사람들, 아니 학교 공부를 전혀 하지 않은 사람들이 읽는다고 생각해서 쓰는 것이 가장 훌륭한 글쓰기의 태도라고. 한자말, 일본말, 서양말로 더럽혀지지 않은 깨끗한 우리말을 살려 써야 한다고. 내 생각과 내 삶을 써야 하는 것이지 남의 삶을 남의 말로 써서는 거짓 글이 되고 죽은 글이 된다고."

그리고 일하는 사람들한테 부탁하셨습니다. "첫째, 노동에 대한 믿음이 있는가? 둘째, 무식한 사람이 하는 말, 그 말이 진짜 우리말이다. 이런 우리말에 대한 믿음이 있는가? 셋째, 세상을 바르게 살아가려는 결심이 서 있는가? 그렇다면 글을 쓸 것이다. 글이 역사를 만들어 가는 세상이니까.", "이 땅에 진짜 민주주의를 뿌리내리게 할 수 있는 사람은 일하는 사람들이다. 그리고 우리말과 글을 살려 낼 사람도 일하는 사람들이다. 일하는 사람들이야말로 하고 싶은 이야기를 감당할 수 없도록 많이 가졌고, 살아 있는 말을 하는 이 땅의 주인이기 때문이다."

하루 종일 고된 노동에 지쳐 집에 돌아오면 편히 쉴 틈도 없는데 시를 왜 써야 할까요? 입이 있으니 생각을 말로 하면 그만인데 왜 하필 글을 써야 하나요? 이런 생각을 가진 분들은 이오덕 선생님께서 쓰신 『삶을 가꾸는 글쓰기 교육』(보리, 2004)을 읽어보시기 바랍니다. 아마도 그 책을 다 읽고 나면 글을 쓰고 싶어 잠을 이루지 못할 것입니다.

지금 우리는 텔레비전이나 신문 잡지들이 우리 삶과는 전혀 다른 엉뚱한 것을 보여 주고 들려주어도 그것을 보고 듣는 재미에 깊이 빠져 깨어날 줄을 모릅니다. 이런 안타까운 현실을 생각할 때마다 이오덕 선생님이 그립습니다. 메마른 세상 속에서 그리운 사람이 있다는 것은 자신을 곧게 지켜나가는 데 큰 힘이 되지요.

사람이 땀 흘리며 일은 하지 않고 무슨 학문이고 철학이고 예술이고 문학이고 종교고 떠벌리면서 거짓과 속임수로 살지 말고, 저 풀숲에서 우는 벌레만큼 고운 울림으로 자연 속에서 어울려 사는 날을 애타게 바라셨던 선생님을 생각하며 객토문학 동인들의 시를 읽었습니다.

2

　객토문학 동인(이하 동인)들을 나이 서른 즈음에 만났는데 벌써 제 나이가 쉰한 살입니다. 제가 나이가 든 만큼 동인들의 나이도 들었습니다. 혼인을 하고 아이를 낳고, 살아온 세월만큼 얼굴에 주름살이 늘고 여기저기 흰 머리카락도 많아졌습니다. 소주 두세 병 마셔도 끄떡없던 몸도 이제는 한 병만 마셔도 아침에 일어나기 쉽지 않습니다. 이십 년 남짓 함께 시를 쓰고 토론하고 고치고 다듬으며 살아온 세월 동안 서로가 어떻게 변해가고 있는지, 어느 누구보다 동인들은 잘 알고 있습니다. 누가 몸이 아픈지, 누구네 아버지가 병원에 입원했는지, 누가 요즘 시는 쓰지 않고 입만 살아서 떠들어대는지, 무슨 고민이 있어 만날 때마다 술을 마시는지……. 1990년부터 지금까지 첫 마음 변하지 않고 지금까지 '공부 모임'을 한 달에 두 번씩이나 하고, 2000년부터 2008년인 지금까지 모두 여덟 권의 동인시집을 냈습니다. 우리나라에서 이런 부지런한 동인 모임을 찾기는 결코 쉽지 않습니다. 어쩌면 아예 없는지도 모릅니다. 한 달 벌어 한 달 먹고살아야 하는 사람들이 돈벌이도 안 되는 '시'가 무엇이기에 이렇게 붙들고 있는 것인지요.

　몸에 병 맞아들이고 일손 놓은 지 오래 되었네 서울 있는 병원까

지 오르락내리락 누구보다 아내에게 미안하였네 그리고 내 몸에
게도 많이 미안하였네 어찌 보면 병은 고마운 것 병은 나의 스승,
고이 모시다가 아쉽게 떠나보내야 할 도반 같은 것
— 문영규 시인의 「손톱 밑의 때를 그리며」 가운데

이른 새벽, 늦은 밤
밤낮을 가리지 않고 달려
무엇을 찾으러 왔을까
그 무엇도 없는 여길

해는 기울고
더 나아갈 수도 없는
쉰 고개 노루목에서 뒤를 돌아본다
— 배재운 시인의 「노루목」 가운데

가장의 위치 바로잡지도 못하고
아내만 고생시킨다는 안타까움에
몇 번을 뒤척이고 뒤척이다
가만히 아내 손을 잡아본다

욕심처럼 아내 손을 잡아도
찌릿한 전기도 통하지 않는 이 나이
꼬리를 물고 솟구쳐오는 살이의 걱정들
어두운 앞날 같이
오늘도 밤은 길고 길기만 하다
— 이규석 시인의 「잠 못 드는 밤에」 가운데

어느 해
봄 소풍 날
빈 도시락에 옥수수 빵 받아들고
나무 아래 쪼그리고 앉아
점심 먹었던 기억을 지우고 있는
나를 발견한다
— 박만자 시인의 「반성」 가운데

꿈처럼 하얗게 순한 깃털 둥지
머물고 싶고 부비고 싶은 품
꿈의 알을 깨고 눈을 떠 보고 싶은 곳

뒤척이는 잠자리처럼
생각을 떨치지 못하여 굳어버린
그리운 섬
그 오두막집
— 노민영 시인의 「그 오두막집」 가운데

어느 것 하나 제대로 이룬 것 없으니
내 길은 탑이 되지 못할 것이다

바람이 분다

흔들렸다가도 거뜬히
제자리 잡는 갈대처럼

내 길은

흔들리며 가는 길
— 표성배 시인의 「흔들리며 가는 길」 가운데

딸 아이 셋 키우는 제 얘깁니다
아내는 화장실 둘 달린 집으로 이사 가자
언제부턴가 늘 노래를 불렀습니다
그날도 화장실에 앉았는데
막내 놈이 아빠 빨리 나오라고
문고리 잡고 죽는소리 냅니다
아내도 덩달아
막내 놈 똥꼬 움켜잡았다고 합니다
똥 누다 문 열고 나옵니다
— 정은호 시인의 「아내가 부르는 노래」 가운데

아내의 희망사항은
유모차를 밀며
초저녁 동네 한 바퀴 도는 것이었다
주말이면 근처 운동장에 나가
자전거를 타는 것이었다
남편이 쓸고 간 방바닥을 닦는 것이었다
밥을 푸면 반찬을 놓아 주는
남편을 보는 것이었다

큰 아이 낳고는
야간작업에 긴급출동에
밤을 낮 삼아 보내다
들어주지 못했다

작은 아이 낳고는
병원에서 치료받는다고
들어주지 못했다

지금은 일자리 알아보고
아픈 몸 돌보느라
들어주지 못한다, 나는
— 이상호 시인의 「아내의 희망사항」 전문

　동인들이 쓴 시를 읽다가 눈에 들어오는 부분을 적어 보았
습니다. '모두들 어느새 나이가 들었구나!' 싶습니다. 그래서 그
런지 슬프고 가슴 아픈 시가 많았습니다. 동인들 이야기가 남
의 나라 이야기라 해도 걱정이 될 텐데, 그게 바로 이 땅에서
살아가는 힘없고 가진 것 없는 가난한 노동자들의 이야기라 더
욱 슬프고 가슴이 아팠습니다. 아무리 '슬픔만한 거름이 없다'
고 하지만 땀 흘려 일하고 정직하게 살아가는 사람들이 정당한
대가를 받으며 기쁜 마음으로 살아갈 수 있으면 좋겠습니다.
그런 날이 오기는 올까요?
　문영규 시인이나 이상호 시인처럼 고된 노동에 시달려 제
몸이 병든 줄도 모르고 살아온 노동자들이 이 땅에 얼마나 많
겠습니까? 노동자들의 몸속에는 눈으로 보이지 않을 뿐이지,
여러 가지 병이 자라고 있을 것입니다. 그 병은 어디서 온 것
인지요? 그리고 누가 책임져야 하는 것인지요? 이 땅에서 숨
쉬고 살아가는 모든 사람들이 함께 책임을 져야 하지 않겠습니

까? 모든 사람들은 노동자들이 만든 집에서 잠을 자고 일어나 옷을 입고 신발을 신고 살아가지 않습니까? 이 세상에 있는 모든 황금을 합친 것보다 더 귀한 노동자들이 한창 일할 나이에 깊은 병이 들다니 어찌 가슴이 미어지지 않겠습니까?

동인들이 쓴 여덟 번째 시집 원고를 밤늦도록 읽고 또 읽으면서 절망 속에서도 희망을 보았습니다. 그 희망은 권력이나 돈 따위가 아닙니다. 힘들고 어려운 가운데서도 천박한 자본주의에 물들지 않으려고 몸부림치는 동인들의 꿋꿋한 모습, 바로 그것입니다. 이런 동지들이 우리 곁에 있다는 것이 희망이 아니고 무엇이겠습니까?

3

객토문학 회원인 표성배 시인과 이상호 시인의 첫 시집 발문에 제가 쓴 글 가운데 한 부분을 다시 읽어 보았습니다.

사람들이 시를 읽고 감동하는 것은 바로 진실의 힘입니다. 진실의 힘은 '나'를 바꾸고 세상을 바꾸어 놓습니다. 자기 생각과 자기 삶을 자기 말로 써야 살아 있는 글이고 진실의 힘이 더 커지리라 믿습니다. 남의 삶을 남의 말로 써서는 거짓글이 되니, 누가 거짓글을 읽고 감동하겠습니까.
시는 김치가 익는 것처럼 천천히, 오래 두어도 맛이 나야 합니다. 시는 좋은 음악처럼 읽는 이의 가슴으로 흘러 들어가야 합니다.

그러나 시는 노래나 음악처럼 갑자기 즐거움을 줄 수는 없지만 삶을 넉넉하게 해 주는 힘이 있습니다. 자연이 말을 하지 않듯이 시는 다만 말하고 싶은 것을 보여줄 뿐입니다. 시인은 날마다 떠오르는 아침 해를 보고도 날마다 감동하는 사람입니다.

일하는 사람들이 글을 써서 사람 노릇을 해야 한다는 것을 누구보다 잘 아는 동인들은, 일하는 사람도 얼마든지 글을 쓸 수 있다는 것을 보여줄 것입니다. 아니, 일하는 사람이 쓴 글이야말로 진짜 살아 있는 글임을 보여 주리라 믿습니다. 때로는 지식인이 쓰는 글도 필요하지만 '과부 사정은 홀아비가 더 잘 안다'는 속담대로 노동자의 삶, 노동자의 고통, 노동자의 희망은 노동자의 손이 가장 절절하게 그려낼 수 있겠지요.

수 천 년 동안 우리는 자연 속에서, 자연의 일부분이 되어, 농사를 지으며 살아왔습니다. 그런데 어느 날 갑자기 '경제성장'이라는 '유령'이 나타나 자연과 사람을 괴롭히고 못살게 굴더니, 이제는 자연과 사람을 거의 다 잡아먹고 말았습니다. 휘발유보다 더 비싼 물을 돈 주고 사 먹어야 하고, 수입 농산물이 없으면 수백만 명이 일자리를 잃고 하루아침에 길거리에 나앉을 판이니 '경제성장'이라는 '유령'은 지구에 있는 그 어떤 유령보다 힘이 셉니다.

그 힘이 센 만큼 힘이 약한 사람들은 자유를 빼앗기고 말았습니다. 그 가운데서도 가장 큰 피해를 입은 사람이 바로 농민이고 노동자입니다. 1970년대 이후, 경제성장이라는 유령에 혼을 빼앗긴 사람들이 땅을 버리고 도시로 도시로 몰려들었습니다. 자본가들은 도시로 몰려온 어진 백성을 미끼로 삼아 제 배를 채웠고, 이런 과정 속에서 시키는 대로 일만 하던 사람들이 헤아릴 수 없이 병들거나 죽었습니다. 누가 그 한을 풀 수 있겠습니까?

그 동안 노동현장에서 일하다 손가락 잘린 것만 해도 팔 톤 짐차에 몇 차나 되고, 농촌 들녘에서 경운기 사고로 세상을 떠난 농민들도 헤아릴 수 없이 많습니다. 지금도 마찬가지입니다. 대통령이 바뀌면 조금 나아질까, 국회의원이나 장관이 바뀌면 조금 나아질까, 기다리고 기다리다 이젠 지쳤습니다. 아무리 기다려도 가난한 우리 백성들의 삶은 나아진 게 없기 때문입니다. 집집마다 자동차가 생기고 집 평수가 조금 늘어났다고 우리 백성들이 평화롭게 살 수 있는 것은 아닙니다. '돈 앞에 장사 없다'고 '돈 앞에 무릎 꿇지 않은 놈 누가 있느냐'고 큰소리치는 자들이 수 십 년 전이나 지금이나 세상을 지배하고 있으니 우리 백성들은 하루하루 불안한 삶을 이어가고 있는 것입니다.

지금 우리나라 사람들 가운데 '어떻게 하면 스스로 불편하고 가난하게 살면서, 가난한 이웃들과 어울려 아름다운 세상을 만들 것인가'를 고민하고 실천하는 사람을 찾기란 쉽지 않습니다. 이 시대를 살아가는 대부분의 사람들은 돈을 벌기 위해 공부를 하고, 돈을 벌기 위해 대학에 들어가고, 돈을 벌기 위해 취직을 하고, 돈을 벌기 위해 의사가 되고 약사가 되고 교수가 되고 교사가 되고 판사가 되고 검사가 되고 변호사가 되고 박사가 되고 과학자가 되고 운동선수가 되고 사장이 되었습니다. 그러니 어찌 '사람냄새'가 나겠습니까. 날이 갈수록 썩은 돈 냄새만 세상을 적실뿐입니다. 누군가 하지 않으면 안 될 소중한 농사 일도 '돈이 안 된다'는 이유 하나만으로 다 버리고 말았습니다. 영원한 고향이며 어머니인 농촌이 무너지는 것은 우리의 양심이 무너지는 것이나 다름없습니다.

이런 메마른 세상에 꿈이라도 없으면 살아도 죽은 목숨입니다. 그래서 시인은 오늘도 꿈을 꿉니다. 어디로 가야 '사람의 길'로 갈 수 있을까? 어떻게 살아야 사람답게 살 수 있을까? 이런 고민을 함께 나눌 수 있는 동지들이 있어 얼마나 다행스러운지 모릅니다.

동인들이 쓴 시를 읽다보니 '조금 고치고 다듬었으면 참 좋은 시가 될 텐데' 싶은 욕심이 들었습니다만, 어차피 우리 모두가 끊임없는 '배움의 과정' 가운데 있다고 생각하니 마음이 편안해졌습니다. 부디 이 시집을 많은 분들이 읽고, 함께 희망을 만들어 갈 수 있으면 좋으련만……. 시집이 세상에 나오는 날, 벗들과 아무 걱정 없이, 정말 아무 걱정 없이 마음 편하게 술 한 잔 나누고 싶습니다. 그날까지 모두들 잘 지내시길…….

서정홍 (시인)